AF589771

CATALOGUE

DE

SIX REMARQUABLES

TAPISSERIES DU XVIe SIÈCLE

REPRÉSENTANT

Des nombreuses Scènes du Nouveau Testament

TAPISSERIE DU XVIIIe SIÈCLE

A SUJET MYTHOLOGIQUE

TRÈS BEAUX MEUBLES

DU XVIe SIÈCLE, LOUIS XIV, RÉGENCE ET LOUIS XV

En bois sculpté et autres ornés de bronzes

PORTES HENRI II. BOISERIE, PANNEAUX GOTHIQUES

OBJETS D'ART, MARBRES, BRONZES

Émaux, Ivoires, Orfèvrerie, Porcelaines montées

MINIATURES, TABLEAUX DE L'ÉCOLE FRANÇAISE

DONT LA VENTE AURA LIEU

HOTEL DROUOT, SALLES N°s 9 & 10

Le Vendredi 5 Mai 1893, à 2 heures 1/2

COMMISSAIRE-PRISEUR : **Me G. DUCHESNE**, 6, rue de Hanovre

M. A. BLOCHE	**M. H. HARO**
EXPERT PRÈS LA COUR D'APPEL	PEINTRE-EXPERT
25, rue de Châteaudun, 25	14, rue Visconti, 14

Chez lesquels se distribue le présent catalogue.

EXPOSITIONS

PARTICULIÈRE	PUBLIQUE
Le Mercredi 3 Mai 1893	**Le Jeudi 4 Mai 1893**
de 2 h. à 6 h.	*de 1 h. 1/2 à 5 h. 1/2*

Entrée par la rue de la Grange-Batelière

NOTA — Le catalogue servira d'entrée à l'Exposition particulière.

Don S. A. Pozzi

D 75412

Le présent Catalogue se distribue à

Paris .... Chez Me G. Duchesne, commissaire-priseur, 6, *rue de Hanovre*.

Chez M. A. Bloche, expert près la Cour d'appel, 25, *rue de Châteaudun*.

— Chez M. H. Haro, peintre-expert, 14, *rue Visconti* et 20, *rue Bonaparte*.

Londres .... Chez M. G. Donaldson, *105, New Bond Street*.

Rome.............. Chez M. Piatelli, 34, *via Funari*.

Francfort-sur-Mein.. Chez MM. Loewenstein frères, 4, *Kaiserstrasse*.

CONDITIONS DE LA VENTE

Elle sera faite au comptant.

Les acquéreurs paieront cinq pour cent en sus du prix d'adjudication, applicables aux frais de la vente.

L'exposition mettant le public à même de se rendre compte de l'état des objets, aucune réclamation ne sera admise une fois l'adjudication prononcée.

Paris. — Imp. de l'Art, E. Ménard et Cie, 41, rue de la Victoire.

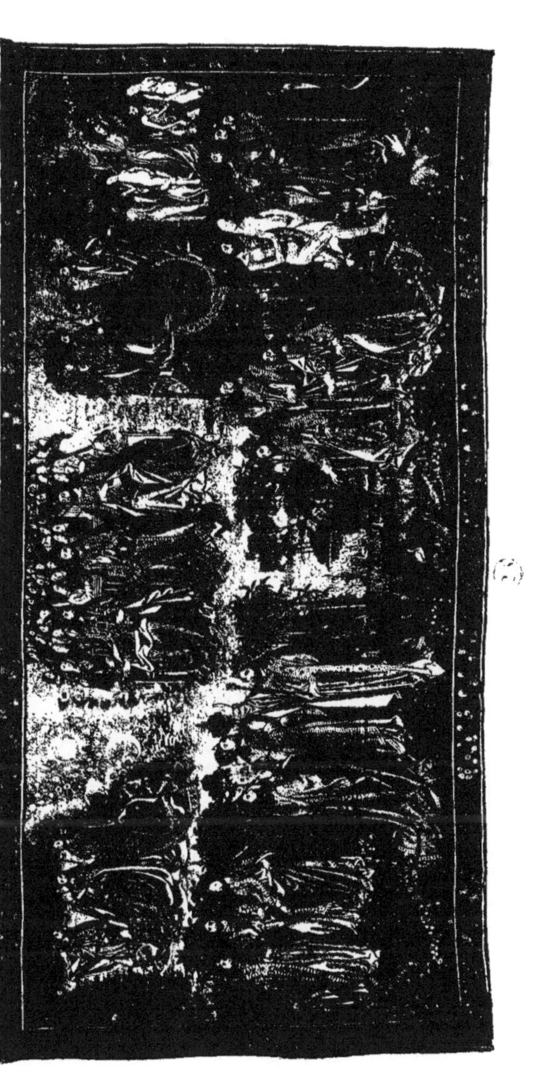

DÉSIGNATION DES OBJETS

TAPISSERIES

1 à 6 — Série de six remarquables tapisseries de Bruxelles, xvie siècle, à sujets allégoriques au Nouveau Testament. Les bordures offrent des suites de fleurs et de fruits.

La première représente :

La Création. Neuf sujets composés de quatre-vingts figures.

A gauche, les trois personnages formant la Sainte Trinité président à la création de *la Terre*, de *la Nuit* et des *Étoiles* ; à droite, à la création de *l'Homme* et de *la Femme*.

Au second plan, à gauche, la Sainte Trinité crée *le Jour*. A droite, elle tient conseil pour juger *Adam* et *Ève*, et l'on voit *Adam* et *Ève chassés du Paradis*.

Au milieu, un sujet principal représentant *la Sainte Trinité dans toute sa gloire*.

Haut., 4 mètres; larg. 8 m. 20 cent.

La deuxième représente :

Le Christ inspirant la Foi. Cinq sujets composés de cinquante-huit figures.

La Foi, l'Espérance et *la Charité* s'implantent dans le monde avec *la Religion*. Le Christ, descendu du trône céleste et assisté de *l'Espérance* et de *l'Humilité*, s'adresse à *la Force*, à *la Volupté* et à *la Colère* pour leur inspirer l'esprit sain. Le Christ, assisté des anges qui, du haut des cieux chantent des louanges, est entouré des figures allégoriques des *Vertus* et montre ses blessures à la *Nature Humaine*. Le Christ et les disciples d'Emmaüs coupent le pain et découvrent l'hostie. De chaque côté, se présentent des personnages tenant des banderoles avec inscriptions, les donateurs sans doute de la tapisserie.

Haut., 4 m. 20 cent : larg., 6 m. 10 cent.

La troisième représente :

Des Scènes allégoriques à la vie du Christ et des Saints. Huit sujets composés de quatre-vingt-six figures.

Au premier plan, à gauche, *le Baptême.* Au milieu, *la Résurrection de Lazare.* Le Christ, entouré de ses disciples, reçoit des témoignages de reconnaissance de *Marthe* et de *Marie*, les sœurs de Lazare. Celui-ci, pendant qu'un jeune homme le délivre de ses liens, reste à genoux devant le Sauveur. A droite, *la Vérité jette le gant ou le défi aux sept péchés capitaux.* Au second plan, dans le même ordre, sont représentés *la Décollation de saint Jean* et *Salomé, fille d'Hérodiade*, recevant des mains du bourreau la tête de saint Jean. Puis *saint Jean* prêchant dans le désert, inspiré par *le Tout-Puissant.* Sous un monument d'architecture gothique est représentée *la Femme adultère* à genoux devant le Christ. Se détachant sous des arcades dans le profil du monument, on voit *Judas vendant son maître.* A droite, au milieu d'un paysage des plus riants, *saint Jean entouré de seigneurs et de grandes dames* en riches costumes.

De chaque côté, deux personnages. Les donateurs tiennent des banderoles avec inscriptions.

Haut., 4 m. 25 cent.; larg., 8 m. 25 cent.

La quatrième représente :

Le Combat des Vices et des Vertus. Composition de trente-trois figures.

Au bruit des trompettes, devant l'image de la Passion, le Christ en croix, entouré de saintes femmes et de ses disciples, les Vices et les Vertus se livrent un combat des plus acharnés. *L'Orgueil*, habillé en armure, coiffé d'un casque à cimier formé par un paon, est montée sur un chameau, brandissant une épée de forme dite *langue de bœuf*. Il reçoit un coup de lance que lui porte un chevalier en armure dont le casque dissimule mal une couronne d'épines qui lui ceint la tête. A la suite de *l'Orgueil*, s'avancent *la Jalousie* tenant le brandon de discorde à la main; *l'Avarice*, tenant un râteau et montée sur un quadrupède fantastique; *la Luxure*, assise sur un porc, et tant d'autres *Vices*, en costumes de guerriers et armés d'objets symboliques. A gauche, s'avancent *la Patience*, *la Dévotion*, tenant une vrille et montée sur un cerf, *la Chasteté*, montée sur un âne; *la Sobriété*, *la Religion*, versant l'huile sainte et assise sur un lion.

De chaque côté, deux évêques, les donateurs, tenant des banderoles avec inscriptions.

Haut., 4 mètres; larg., 8 mètres

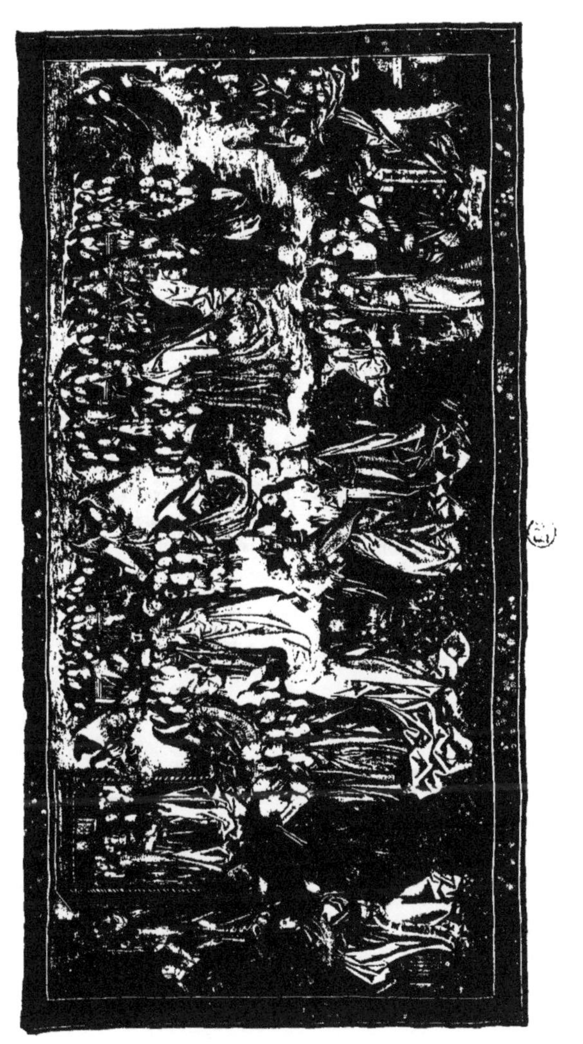

La cinquième représente :

Le Triomphe du Christianisme. Six sujets composés de 138 figures.

Au premier plan, le Christ quitte la terre pour aller reprendre sa place au milieu de la Sainte Trinité. Les disciples et les saintes femmes, agenouillés, élèvent leurs regards vers le Rédempteur. Au seuil du Paradis, les anges sont réunis pour le recevoir et lui présenter des âmes repentantes. Le trône divin, où l'attendent *le Père* et *le Saint-Esprit*, est entouré d'anges. A gauche, au deuxième plan, dans l'intérieur d'une chapelle, ainsi que dans la vallée de Josaphat, *Jésus* reçoit des conversions, s'entretient avec les *Jacobites* et *saint Pierre.* A droite, *Marie* présente, devant la Sainte Trinité, *Adam*, *Abraham* et d'autres patriarches. Un ange, armé d'un glaive, défend aux impies l'entrée du Paradis et précipite *les Vices* dans les enfers. De chaque côté, deux évêques, les donateurs, sont assis et tiennent des banderoles avec inscriptions.

Haut., 5 m. 10 cent.; larg., 8 mètres

La sixième représente :

Le Jugement dernier. Composition de 104 figures.

Au milieu, le Christ, entouré des apôtres, reçoit la conversion d'une foule de fidèles guidés par *sainte Anne.* Des anges présentent des enfants au Seigneur, en les couvrant de leurs ailes protectrices. De l'autre côté, *la Justice*, armée du glaive et secondée par des anges armés de lances, refoule les méchants et les impies dans les enfers. De toutes parts, s'enlevant dans les airs, des anges qui sonnent de la trompette et appellent les mortels au Jugement dernier. De chaque côté, les donateurs sont assis dans des stalles gothiques.

Haut., 4 m. 10 cent.; larg., 8 mètres.

Cette suite de tapisseries est admirable par son ensemble qui, en retraçant les scènes les plus intéressantes du Nouveau Testament, nous montre tous les personnages animés des vrais sentiments de leur situation et dans des costumes qui mériteraient certainement tous des descriptions détaillées. Ces nombreux sujets sont groupés avec l'art et le génie que les grands Maitres de l'époque savaient déployer autant pour la glorification de la Religion que pour attirer sur leurs œuvres la célébrité la plus légitime.

Ces tentures sont un monument des plus précieux pour l'histoire de la tapisserie.

Elles feront certainement à juste titre l'orgueil du Musée ou de la demeure privée qu'elles iront enrichir.

7 — Tapisserie d'Aubusson du XVIIIe siècle représentant une Offrande à Jupiter.

Dans l'intérieur du temple, devant la statue, un prêtre invoque la clémence du Dieu. Des enfants à genoux présentent une coupe à sacrifice. Les dieux et les déesses, foule de vestales, de servants, d'hommes et de femmes apportent des présents précieux, des fleurs, et conduisent un bœuf. L'encens brûle sur tous les autels. La scène est des plus mouvementées et le tableau des plus agréables au point de vue décoratif.

Haut., 2 m. 35 cent.; larg., 4 m. [illegible] cent.

MEUBLES

8 — Très beau meuble à deux corps en noyer sculpté d'aspect architectural, s'ouvrant à quatre portes, offrant en bas-relief des allégories aux saisons, des aigles et des sirènes ailées. De chaque côté le corps du haut est flanqué de colonnes cannelées surmontées de chapiteaux. Les montants du bas offrent des gerbes de feuilles d'acanthe. Ce meuble de forme élégante est couronné par un fronton, avec niche au centre et figures de l'Abondance de chaque côté. XVIe siècle.

9 — Grande et belle stalle à trois places en bois sculpté. Les panneaux des dossiers offrent des compositions ornementales très délicates. Les montants sont surmontés de chapiteaux, le fronton à consoles enroulées et cartouches à têtes de chérubins. Les accotoirs sont ornés de volutes. Époque Henri II.

10 — Armoire gothique en bois sculpté s'ouvrant à deux portes, dessin à rosaces ajourées et cartouches feuillagés.

11 — Belle stalle en bois sculpté avec accotoirs à têtes de lion tenant des anneaux, pieds à pattes de lions et feuillages. Les profils sont ornés de gerbes de feuillages. XVIe siècle.

12 — Meuble-armoire à trois portes en noyer sculpté, montants cannelés, corniche à consoles, forme banquette, avec rangée de tiroirs et dont le bas s'ouvre à deux battants. Fin du XVIe siècle ou commencement du XVIIe siècle.

13 — Coffre en bois rehaussé de peinture au trait noir représentant sur le devant un cortège royal et des hallebardiers sous des arceaux, sur les côtés des dragons ailés et des arabesques. XVIe siècle.

14 — Très beau bureau plat en bois de rose et violette s'ouvrant à trois tiroirs, richement garni de bronzes finement ciselés et dorés : chutes à têtes d'hommes et de femmes couvertes de pampre et de raisin, appliques à mascarons, entrées de serrures à cartouches et sphinx accouplés, poignées aux dauphins. Époque de la Régence.

Il porte la marque du château de Bellevue et la signature de M. C. Franc.

Long., 1 m. 90 cent.; larg., 1 mètre.

15 — Belle commode de forme bombée en bois de rose, d'amarante et de violette, décorée de marqueterie à fleurs et garnie de jolis bronzes ciselés et dorés. Dessus en marbre rouge. Époque fin Louis XV.

16 — Petite table forme rognon en bois de rose, dessus en marbre brocatelle. Louis XVI.

17 — Belle commode de forme bombée, à trois rangées de tiroirs, en marqueterie de bois de violette et de palissandre, richement ornée de bronzes dorés. Époque Louis XV.

18 — Beau bureau à quatre faces en marqueterie de Boule, dessin en incrustations de cuivre sur fond d'écaille de l'Inde, représentant des scènes de danse, des enfants et des sphinx, des cariatides et des oiseaux au milieu d'ornements de guirlandes et d'entrelacs. Piètement à colonnes reliées par des croisillons.

19 — Très bel ameublement de salon, style Louis XIV, composé d'un canapé, quatre fauteuils et quatre chaises en bois sculpté et doré, couverts en brocart bleu, dessin à ramages tissés d'or, d'argent et de soie.

20 — Vitrine à hauteur d'appui en acajou, richement garnie de bronzes ciselés et dorés; dessus en marbre blanc. Style Louis XVI.

21 — Écran en tapisserie de Beauvais : Personnages de la Comédie italienne, encadré de fleurs, bois sculpté et doré. Louis XVI.

22 — Vitrine, forme chaise à porteurs, très bombée, en bois de palissandre et marqueterie de bois naturel, dessin à bouquets de fleurs, encadrée et garnie de bronzes dorés. Style Louis XV.

23 — Chaise à porteurs, époque Louis XV, décor à fleurs et rocailles, montants et encadrements en bois doré.

24 — Jolie table-toilette, se démontant en deux parties pour servir de table de chevet, avec tablette pour écrire et nombreux tiroirs en bois rose et palissandre, forme rognon, garnie de bronzes dorés. Style Louis XV.

25 — Régulateur Régence, en bois noir richement garni de bronzes dorés.

26 — Table-bureau plat, en bois de violette à trois tiroirs, garni de bronzes dorés. Style Louis XVI.

27 — Jolie petite table en palissandre et marqueterie, pieds à contours, ornée de bronzes ciselés et dorés. Style Louis XV.

28 — Petite table en bois de violette et palissandre, dessus formant vitrine, garnie de bronzes dorés à rocailles. Style Louis XV.

29 — Table-bureau à trois tiroirs, en marqueterie de bois; dessus couvert en cuir. Époque Louis XVI.

30 — Ameublement composé d'un canapé et six chaises en bois sculpté, pieds reliés par des traverses, couverts

d'anciens cuirs de Cordoue ; dessin à grands ramages et oiseaux à reliefs d'or et polychromes, garni de clous de cuivre et de fleurs de lis. Époque Louis XIII.

31 — Très beau meuble en marqueterie de bois et ébène sculpté, ouvrant à deux vantaux dans le bas, un abattant et un tiroir dans le haut.

Sa façade est décorée de deux frises sculptées à figures, tritons et chevaux marins et de cinq panneaux de forme octogonale également en ébène sculpté à sujets mythologiques. Les deux panneaux du bas sont entourés chacun de quatre pendentifs à figures et d'ornements sculptés. Les autres sont entourés d'ornements en bronze.

Travail du temps de Louis XIII.

BOIS SCULPTÉS

32 — Grande et belle porte à deux battants en bois sculpté divisé par panneaux, à dessin très délicat d'ornements. Les montants ou chambranle cannelés avec lauriers au milieu et surmontés de chapiteaux. Le dessus à petites niches entrecoupées de feuillages avec corniche saillante. Époque Henri II.

33 — Belle porte à deux battants en bois sculpté, dessin à jour, entrelacs d'ornements et fleurs de lis. Époque Henri II.

34 — Porte en bois sculpté divisée par panneaux, dessin au voile et composition allégorique au milieu ; branchage

avec oiseaux et banderole à inscription se détachant d'un cartouche de terrain et éclairé par un soleil. XVIe siècle.

35 — Porte du XVe siècle offrant en peinture un saint debout tenant une épée de la main droite. Les côtés sont flanqués de colonnettes cannelées ornementées et dorées.

36 — Suite intéressante de vingt-six panneaux en bois sculpté, dessin à jour, très délicat et varié pour chacun des panneaux. Travail gothique.

37 — Suite intéressante de soixante-huit panneaux anciens, offrant en peinture des personnages du Nouveau Testament, des figures allégoriques en costume du temps de Louis XI, avec des banderoles et des inscriptions.

38 — Statuette en bois sculpté gothique : saint tenant une église.

39 — Statuette en bois sculpté : saint portant un calice. XVIe siècle.

40 — Groupe en bois peint : l'Éducation de l'Enfant Jésus. XVIe siècle.

41 — Panneau en bois sculpté avec peinture : sujet pastoral. Louis XV.

42 — Châsse en bois sculpté et doré, dessin ogival à jour, style gothique, partie ancienne.

FERS

43 — Très grand et beau devant de foyer en fer forgé à rinceaux, avec fronton et formé de landiers avec appliques-supports tournantes, accompagnés d'une chaîne. Fin du XVIe siècle.

44 — Deux grands landiers reliés par un fronton à rinceaux en fer forgé, avec chaîne suspendue aux appliques-supports. Fin du XVIe siècle.

45 — Paire de grands chenets gothiques en fer, montants à clochetons et figures.

CANONS

46-47 — Deux anciens canons signés de *Lesage*, montés sur leurs affûts à roues, l'un accompagné de sa boîte de munitions.

MARBRES

48 — Groupe de marbre : Enfant assis sur un coussin, socle en bronze doré. Style Louis XVI.

49 — Joli buste en marbre : Mme de Lamballe.

50 — Buste en marbre : Mme Élisabeth.

51 — Groupe en marbre : Enfant donnant à manger à un oiseau ; socle bronze doré. Style Louis XVI.

52 — Deux colonnes en marbre veiné rouge et blanc.

BRONZES D'ART

ET D'AMEUBLEMENT

PORCELAINES MONTÉES ET NON MONTÉES

53 — Paire d'appliques en bronze doré, partie émaillée bleu, à oiseaux et têtes de chèvres, à deux lumières. Style Louis XVI.

54 — Paire d'appliques, bronze doré et bronze noir, à guirlandes de fleurs et attributs de musique, à trois lumières. Style Louis XVI.

55 — Paire de candélabres à deux lumières en bronze doré à rocailles et fleurs de Saxe, avec statuettes vieux Saxe : Chinois assis et Joueur de vielle.

56 — Paire de potiches, boules vieux Chine fond blanc, à médaillons bleus ; monture en bronze doré. Style Louis XIV.

57 — Paire de vases, marbre noir veiné jaune, formant candélabres à quatre lumières ; monture en bronze doré. Style Louis XVI.

58 — Grande jardinière formée par un vase en céladon vert d'eau, ornements en relief, montée en bronze doré à rocailles.

59 — Paire de vases céladon bleu gris, formant candélabres avec bouquets de tulipes, à trois lumières. Style rocaille.

60 — Paire de perroquets en céladon, décor jaune et vert : monture bronze à rocailles.

61-62 — Deux beaux groupes en bronze patine foncée : *les Fleuves*, d'après Jean de Bologne. Sur socles en marqueterie de Boule, garnis de bronzes dorés.

63 — Paire de très beaux candélabres Louis XVI, formés de statues de nymphes drapées en bronze, à patine vert foncé, portant des corbeilles avec bouquets à six lumières en bronze ciselé et doré. Socles en marbre bleu turquin garnis de bronzes dorés.

64 — Paire de grands chenets en bronze doré, à rocailles et gerbes de laurier. Style Louis XV.

65 — Buste de Louis XIV enfant, habillé en armure, bronze à patine brune.

66 — Deux cassolettes en marbre rosé d'Égypte, avec jolies montures en bronze ciselé et doré. Style Louis XVI.

67 — Pendule forme monument en marbre blanc et bronze doré, ornée de cariatides, de sphinx et couronnée par une mappemonde.

68 — Paire de grosses potiches avec couvercles de Chine, décor à personnages et paysages.

69 — Grande jardinière ronde de Chine fond rouge, décor à personnages en émaux de couleur.

EMAUX, MINIATURES

70 — Belle plaque en émail de Limoges, par Laudin, représentant saint François d'Assise recevant les stigmates. Bordure à fleurs, feuillage et fleurons. Elle est surmontée d'un cartel à armoirie.

71 — Très belle miniature ronde sur ivoire : Portrait de femme coiffée d'un élégant bonnet avec rubans roses, œuvre de Roisin. Signée. Époque Louis XVI. Montée sur une bonbonnière en bois.

72 — Bonbonnière en écaille blonde avec jolie miniature : Portrait de femme coiffée à la poudre, de Legay. Signée et datée. Époque Louis XVI.

73 — Belle miniature ronde sur ivoire : Portrait présumé de la princesse de Polignac en robe de soie grise décolletée garnie de dentelles, coiffure légèrement poudrée, avec couronne de marguerites dans les cheveux. Attribuée à Dumont. Époque Louis XVI.

74 — Petite miniature ovale sur ivoire : tête de jeune fille dans le genre de Fragonard.

75 — Miniature : Portrait de femme tenant une lyre avec cadre de filigrane d'argent orné de turquoises.

76 — Miniature en grisaille attribuée à De Gault, représentant une offrande de fleurs sur un autel.

77 — Miniature : Portrait de femme en costume Louis XIII, dans un écrin en écaille du temps.

78 — Deux fixés représentant Ermenonville et le port de Marseille animés de petits personnages. École française, XVIIIe siècle.

OBJETS DIVERS

79 — Joli vase en ivoire avec couvercle, offrant en bas-relief des figures de femmes, allégories aux sciences, aux arts, à la justice, avec couvercle présentant en bas-relief des personnages mythologiques, des dauphins et des oiseaux, couronné par une figurine d'enfant debout; monture en argent doré et repoussé. Époque Louis XIV.

80 — Petite horloge forme clocheton, en cuivre gravé et doré. Fin du XVIe siècle.

81 — Gobelet avec couvercle en argent repoussé à bossages. XVIIe siècle.

82 — Ceinture en cuivre doré et argenté. Fin du XVIe siècle.

83 — Chimère en bronze niellé et argenté, sur socle en marbre.

TABLEAUX

BOTTICELLI

84 — *La Vierge et l'Enfant Jésus assistés de deux anges.*

CIMA DE CONEGLIANO

85 — *La Vierge et l'Enfant Jésus.*

Cadre en bois sculpté.

COELLO

(Attribué à)

86 — *Beau Portrait d'une jeune princesse.*

En costume de brocart brodé d'or, avec collerette haute de dentelle, parée de joyaux.

Cadre en bois noir guilloché.

LAGRENÉE

87 — *Amour offrant des fruits à une Nymphe.*

Cadre en bois sculpté.

88 — *Amour offrant des fleurs à une Nymphe.*

Cadre en bois sculpté.
Deux pendants.

LAGRENÉE

89 — *La Cueillette des pommes.*

90 — *La Cueillette des fleurs.*

Deux pendants.

OUDRY

91 — *Vase d'or, nature morte.*

Perdrix sur une table dans un parc.
Panneau décoratif.

OUDRY

92 — *Chien en arrêt devant des faisans.*

93 — *Renard pris par un chien.*

Deux pendants.

REYNOLDS

(Attribué à)

94 — *Portrait de femme en robe rouge décolletée.*

RIGAUD

(Attribué à H.)

95 — *Portrait du roi Louis XIV, habillé en armure.*

Cadre en bois sculpté.

VAN HUYSUM

96 — *Perroquet, vase chargé de fleurs sur une balustrade, avec fruits épars.*

Beau panneau décoratif.

VIGÉE-LEBRUN

(École de Mme)

97 — *Dame et Enfant.*

Grand et joli pastel.

VAN LOO

(AMÉDÉE)

98 — *Portrait de dame en Diane chasseresse.*

VÉRONÈSE

(Attribué à PAUL)

99 — *L'Adoration des rois mages.*

Cadre en bois sculpté.

www.ingramcontent.com/pod-product-compliance
Ingram Content Group UK Ltd.
Pitfield, Milton Keynes, MK11 3LW, UK
UKHW021956260726
13994UKWH00004B/1785

9 782329 442587